Lili B Brown

Catalogage avant publication de Bibliothèque et
Archives nationales du Québec et Bibliothèque et Archives Canada

Rippin, Sally
Lili B Brown-- veut jouer au soccer
Traduction : The soccer star.
Pour enfants de 6 ans et plus.
ISBN 978-2-7625-9112-5
I. Fukuoka, Aki. II. Rouleau, Geneviève, 1960-   . III. Titre.
PZ23.R56Liv 2011   j823'.914   C2010-942322-4

Titre original :
Billie B Brown veut jouer au soccer
(The soccer star)
publié avec la permission de Hardie Grant Egmont

Texte © 2010 Sally Rippin
Illustrations © 2010 Aki Fukuoka
Logo et concept © 2010 Hardie Grant Egmont
Le droit moral des auteurs est ici reconnu et exprimé.

Version française
© Les éditions Héritage inc. 2011
Traduction de Geneviève Rouleau
Conception et design de Stephanie Spartels
Illustrations de Aki Fukuoka

Nous reconnaissons l'aide financière du gouvernement du Canada
par l'entremise du Fonds du livre Canada (FLC) pour nos activités d'édition.

Nous reconnaissons l'aide financière du gouvernement du Québec par l'entremise
du Programme de crédit d'impôt pour l'édition de livres – SODEC.

Dépôts légaux : 1er trimestre 2011
Bibliothèque nationale du Québec
Bibliothèque nationale du Canada

ISBN : 978-2-7625-9112-5

Les éditions Héritage inc.
300, rue Arran, Saint-Lambert (Québec) J4R 1K5
Téléphone : 514 875-0327 — Télécopieur : 450 672-5448
Courriel : information@editionsheritage.com

C-Anne

Lili B
Brown

Claude-Anne
veut
jouer au
soccer

Texte : Sally Rippin
Illustrations : Aki Fukuoka
Traduction : Geneviève Rouleau

EH Héritage jeunesse

Chapitre un

Lili B Brown a quinze taches

de rousseur, six paires de

bas rayés et un sandwich à

la banane pour dîner.

Sais-tu ce que veut dire le

« B », dans « Lili B Brown »?

Brave.

Lili B Brown doit

parfois être brave.

Comme aujourd'hui.

Lili a un meilleur ami.

Il s'appelle Thomas.

Lili et Thomas sont dans

la même classe, à l'école.

Sandwich
à la banane

Bas rayés

Chaque jour, pendant l'heure du dîner, ils grimpent dans le module de jeu. Lili est suspendue, la tête en bas.

Thomas se balance d'une
barre à l'autre. Ils s'assoient
ensuite sur les barreaux,
pour dîner.

De là-haut, ils peuvent

voir tout le terrain de jeux.

C'est un bon endroit pour

dîner. Aujourd'hui, un

garçon d'une autre classe

vient les voir en courant.

Il s'appelle Sam. Il est

debout sous le module et

regarde Lili et Thomas.

«Nous avons besoin d'un autre joueur de soccer», dit-il. «OK», répond Lili. Elle se tourne vers Thomas. «Allons-y!» «Euh… pas de filles», dit Sam. Lili fait la grimace. «Pourquoi pas?» demande-t-elle. «Les filles ne peuvent pas jouer au soccer», répond Sam.

Lili n'a jamais entendu quelque chose d'aussi stupide. «C'est nul, dit-elle. De toute façon, je ne veux pas jouer. Le soccer est un jeu **TROP** *plate*.»

«Vraiment? demande Thomas. Tu cours vite, Lili. Je parie que tu serais **TRÈS** bonne!» Mais Lili hoche la tête.

Elle veut dire à Thomas de
ne pas aller jouer avec eux.
Elle veut lui dire que, s'il
s'en va, elle
restera toute
seule dans le
module, sans
son meilleur
ami.

Mais Lili est **TROP timide**
et **TROP fâchée**.

Quand elle ouvre la bouche,
aucun son ne veut sortir.

«Viens-tu ?» demande Sam à
Thomas. «Bien sûr, répond
Thomas. Veux-tu venir voir,
Lili ?» «Non, répond-elle.
Je t'ai déjà dit que le
soccer, c'est **TROP** *plate.*»
Alors, Thomas saute à terre.

Sam et lui courent ensuite vers le terrain de soccer. Lili est assise toute seule sur le module. Il lui reste une moitié de sandwich à la banane dans sa boîte à lunch. Les sandwichs à la banane sont ceux qu'elle préfère, mais Lili n'a plus faim.

Des sentiments de **colère**
et de **tristesse** remplissent
son ventre. Elle ferme sa
boîte à lunch et attend
que la cloche sonne.

Chapitre deux

Quand la cloche sonne,

Lili attend Thomas à la porte

d'entrée. Elle le voit marcher

avec ses amis de soccer.

Il a l'air **TRÈS** content.

« Hé ! Lili, dit Thomas. On a
gagné ! J'ai compté un but !
Tu aurais dû me voir ! »
Lili regarde son grand
sourire. Thomas a un trou
entre ses dents qui lui donne
un drôle d'air.
Lili rit.

Elle n'est plus fâchée.

«Allons-y! Nous allons commencer notre nouveau projet.» «Je vais m'asseoir avec Sam et Olivier, lui répond Thomas. Nous allons faire un terrain de soccer. Viens t'asseoir avec nous!»

«Lili ne peut pas faire de terrain de soccer», dit Sam.

«Pourquoi pas?» demande Lili. «Parce que tu es une fille, explique Olivier. Les filles ne jouent pas au soccer.» Bon!

Maintenant, Lili est **TROP** furieuse. Elle est **fâchée** contre Sam. Elle est **fâchée** contre Olivier.

Mais surtout, elle est **fâchée**
contre Thomas. Thomas est
son meilleur ami! Ils s'assoient
toujours ensemble!

«Je ne veux pas être dans

votre équipe, dit-elle.

Je ne veux pas faire de

terrain de soccer. Le soccer,

c'est **TROP** *plate* !»

Le ventre de Lili commence

à **gargouiller**. Elle sort

de la classe en courant.

Elle a peur de se mettre

à pleurer.

Elle serre les dents et les
poings jusqu'à ce que son
ventre ne gargouille plus.
Léa et Camille passent
devant elle.
Elles sont
les meilleures
amies du
monde.

Elles se coiffent
toujours pareil.

Lili aime bien Léa et
Camille, mais elle n'aime pas
se coiffer. « Hé ! Lili, lance
Léa. Qu'est-ce que c'est ton
projet ? » « Je ne sais pas »,
répond Lili. « Nous, nous
faisons un cirque », ajoute
Camille. « Super ! dit Lili.

Est-ce que je peux faire
partie de votre équipe?»

«Bien sûr, répond Camille.
Mais Thomas? Tu ne veux
pas t'asseoir avec lui?
Tu es toujours avec lui.»

«Il veut seulement jouer avec
ses amis de soccer, explique
Lili. Sam et Olivier disent
que les filles ne peuvent
pas jouer au soccer.»

«Ils ont raison, dit Léa.

Qui veut jouer au soccer?

Beurk!» «Ouais, je suis

d'accord, lance Camille.

Le soccer, c'est pour les

garçons.» «Mais voyons,

c'est **TROP** ridicule, dit

Lili. Les filles peuvent

jouer aussi!» Tout à coup,

Lili n'est plus triste.

Elle ne se sent pas mal et

elle n'est même pas **fâchée**.

Lili B Brown vient d'avoir

une idée.

Chapitre trois

Après l'école, Thomas et
sa mère attendent Lili près
de la sortie. Lili rentre
toujours avec Thomas
parce qu'il habite juste
à côté de chez elle.

«Bonjour, Lili, dit la maman
de Thomas. Avez-vous
eu une bonne journée à
l'école, tous les deux?»

«Ouais! répond Thomas.

J'ai joué au soccer et j'ai

compté le but gagnant!»

«C'est vraiment super!»

dit la maman de Thomas.

Elle tient leur main

pour traverser la rue.

«Et toi, Lili, as-tu joué

aussi?» «Non, répond

Lili, je ne voulais pas.»

«Cela ne te ressemble pas,

Lili, dit la mère de Thomas,

en souriant. Toi et Thomas,

vous faites tout ensemble!»

Lili fait un gros soupir.

Elle se sent **TROP nerveuse**.

Il faut parfois être **TRÈS**

brave pour dire la vérité.

Même si on a peur.

Et aujourd'hui, Lili a décidé

d'être brave. «Je n'ai pas

aimé que tu joues au soccer

sans moi, dit-elle à Thomas.

Tu ne veux plus être mon

ami?» Thomas a l'air surpris.

«Bien sûr, que je veux
être ton ami! Tu es ma
meilleure amie, Lili!
Je pensais que tu ne voulais
pas jouer avec moi!»

Lili est **TROP** contente

de savoir que Thomas est

toujours son ami.

Elle pensait qu'il voudrait

jouer seulement avec les

garçons. Lili sourit.

«J'ai une idée. Mais j'ai

besoin de ton aide.

Viens au parc avec moi.»

Thomas regarde sa mère.

Elle hoche la tête et sourit.

«Bien sûr, je peux vous

amener au parc, dit-elle.

Lili, tu ferais mieux de

prévenir ta mère.

On se retrouve devant chez

toi dans dix minutes.»

«OK», dit Lili. Thomas sourit.

Il sait que Lili vient d'avoir

une super brillante idée.

« Qu'est-ce qu'on va faire ? »

demande-t-il.

« Je ne peux

pas te le dire

encore, répond

Lili. C'est un secret.

Mais apporte ton ballon

de soccer. Et ta casquette

rouge ! »

Chapitre quatre

Le lendemain, le père de Lili marche avec les enfants jusqu'à l'école. Sam attend Thomas dans la cour. « Hé ! Thomas ! crie Sam, veux-tu jouer au soccer à midi ? »

«Compte sur moi!» dit
Thomas. Il regarde Lili.

En classe, Lili et Thomas
s'assoient ensemble, comme
d'habitude. Mais quand la
cloche sonne à l'heure du dîner,
Thomas court vers la sortie
avec Sam. Lili reste derrière.

À ton avis, qu'est-ce
que Lili et Thomas ont
l'intention de faire?

Thomas et Sam dînent à
l'ombre. Ils courent ensuite
vers le terrain de soccer.
L'autre équipe est déjà là.
«Hé, regarde! dit Thomas.
Il y a un nouveau joueur!»

Le nouveau joueur porte une
casquette rouge et des bas
rayés rouge et blanc. Les deux
équipes commencent à jouer.

Sam et Olivier jouent dur.

Thomas joue encore plus dur
que ses amis. Mais ils sont **TROP**
faibles pour l'autre équipe.

Le nouveau joueur est vraiment bon. Sam, Thomas et Olivier sont rapides, mais le nouveau joueur est encore plus vite. Il court devant eux, les dépasse et frappe le ballon dans le but.

Tout le monde **applaudit** !

Mais pas Sam, ni Olivier.

Ils sont **inquiets**. L'autre équipe est en train de gagner !

«Le nouveau joueur est rapide!» dit Sam à Olivier. «Vraiment **TROP**, répond Olivier.

Personne n'est aussi bon que lui !» Sam et Olivier courent **TRÈS** vite. Mais ils ne peuvent rattraper le nouveau joueur à la casquette rouge et aux bas rayés rouge et blanc. Bientôt, la cloche sonne. L'autre équipe a gagné ! Sam et Olivier ont l'air fâché. Mais Thomas a plutôt l'air content.

«Pourquoi souris-tu?»

demande Olivier.

«Nous avons perdu!

Ce n'est pas juste! ajoute

Sam. Le nouveau joueur est

vraiment bon!» «Ouaip! dit

Olivier. Mais qui est-ce?»

«Viens voir!» répond Thomas.

Ils s'avancent vers le joueur

à la casquette rouge et aux

bas rayés rouge et blanc.

Le joueur retire sa casquette
et sourit. Sais-tu qui c'est?
C'est Lili!

Sam et Olivier sont vraiment surpris. «Vous voyez! dit Lili. Les filles *peuvent* jouer au soccer. Thomas me l'a montré.» Un garçon de l'équipe adverse s'avance. «Thomas avait raison, dit-il à Lili. Tu es rapide!» «Je te l'avais dit! lance Thomas.

C'est vraiment la star du

soccer!» Lili sourit.

Elle regarde Sam et Olivier.

«Je pourrais peut-être jouer

dans votre équipe, un jour,

dit-elle. Mais seulement

si je suis le capitaine!»

«Euh… d'accord», font

Sam et Olivier, ensemble.